KB122715

개를 데리고 다니는 남자

김화진 소설

개를 데리고 다니는 남자

차례

개를 데리고 다니는 남자

내가 그를 티튀루스라고 부른 적이 있다는 걸 그는 모른다. 나 혼자서 불렀으니까. 이름을 부르고 싶지 않아서, 이름을 부르면 너무 가까우니까, 이 정도 멀리서 생각하는 게 좋아서 나는 그를 티튀루스라고 칭했다. 티튀루스는 내가 좋아하는 책 속 주인공이 쓰는 글의 주인공 이름이다. 나는 '서울에 사는 평범한 직장인1'로, 여가 시간에 책을 많이 읽지는 않지만 3개월간 한 권의 책만을 읽는 습관이 있다. 매일매일 읽어야 하는 페이지를 정해 놓고 두꺼운 책을 아주 천천히 읽어나가기도 하고, 또 아주 얇은 책을 삼사일 만에 후루룩 읽고 난 뒤 나머지 2개월 20여 일 내내 그 책을 열 번 정도 반복해서 읽기도 한다. 두껍든 얇든 읽는 데 걸리는 시간은 같다.

티튀루스를 만났을 때 나는 앙드레 지드의 『팔 뤼드』라는 소설을 매우 좋아하며 읽고 있었다. 소설의 주인공은 아무도 이해하지 못하는 '팔뤼드'라는 글을 쓰는 데 몰두한다. 아무도 이해하지 못해도 그 행위는 그에게 자긍심이 된다. 주인공은 자다가도 문장이 생각나면 황급히 일어나 메모했다. 그런 모습을 상상하며 읽자니 이상하게 정이 갔다. 그가 휘갈겨 적었다는 문장들이 좋아 족족 밑줄을 긋게 되었다. 그러다가 나에게도 그런 것이 있을까, 책과 연필을 내려놓고 생각했다. '돈을 벌러 회사에 다니는 사람1'로만 살지 말고 다른 몰두할 만한 뭔가를 찾아 힘겹지만 황홀한 어떤 작업을 해야 할 것 같은데, 싶은 초조함이 들었고, 그런 마음이 어색하고 이상했지만 그 초조함이 어쩐지 싫지 않았다.

아주 짧은 책인데 이 사람이 지금 뭘 했다는 거지, 자꾸 헷갈려서 몇 번이고 같은 부분을 읽었다. 그렇게 해서 짤막하게 정리할 수 있게 된 책의 내용과 나의 감상은 이렇다. 『팔뤼드』의 주인공이 쓰는 글의 주인공 이름은 티튀루스이고 나는 이 인물이 써 내려가는 속마음이 마음에 든다. "나는 티튀루스. 혼자이고, 사색에서 벗어날 수 없게 하는 책처럼 풍경을 좋아한다. 내 생각은 슬프고, 진지하고, 다른 사람들과 비교하면 우울하기까지 하니까. 그래서 나는 내 생각을 무엇보다 좋아한다. 그리고 내 생각을 산책시키고자 벌판을, 평온하지 않은 못을, 황야를 찾아 나선다. 그곳에서 내 생각을 천천히 산책시킨다." 이런 문장을 읽으면 두근거린다.

내 인생에도 티튀루스가 있을까? 어느 날 언젠가 예고 없이 모습을 드러낼까? 티튀루스는 나일까 내가 사랑할 사람일까. 그 둘이 크게 다른 것 같지는 않다.

그해 여름 나의 습관은 아침 8시, 출근길에 떡집에 들르는 것이었다. 집에서 지하철역까지 걸어가 지하철을 타고 회사 근처 지하철역에서 내려 회사까지 걸어가는 데 걸리는 시간은 52분. 나는 언제나 8시 55분 정도에 사무실 내 자리에 앉았다. 내가 아침 8시에 들르는 떡집은 회사 근처가 아니라 동네에 있는 떡집이었고 신기하게도 그 루트가 추가되어도 회사에 도착하는 시간은 똑같았다. 지하철을 놓치는 일은 없었으므로 1, 2분의 변동이 생기는 경우는 내가 걷는 속도 때문일 것이다.

그 떡집은 매번 내가 출근하기 위해 지하철역으로 가는 길에 한 번도 사라진 적 없이 붙박여 있었지만 어찌 된 일인지 그동안은 한 번도 문을 열고 들어가볼 생각을 하지 않은 곳이었다. 그냥, 어느 아침 갑자기, 계시처럼 아주 은은하게 풍기는 고소하고 미묘한 단내를 맡고 그 앞에 멈춰 섰다. 무척 충동적으로. 오전에 사무실에서 느긋하게 인절미를 집어 먹으면 기분이 좋겠지, 그런 생각이 들었고 동시에 내 손은 그대로 떡집 문을 밀었고 다리는 걸어 들어가고 있었다.

처음 산 것은 인절미였다. 그날은 어쩐지 모든 게 다 계시 같았다. 원래 인절미를 가장 좋아하기도 했고…… 그리하여 9시 정각. 서랍에서 꺼낸 페퍼민트 티백을 뜨거운 물에 우려 인절미와 함께 먹었다. 떡집에 들어가기로 결심한 것은 완벽한 선택이었다. 떡은 쫄깃쫄깃했고 콩고물은 고소했다. 쌀의 단맛과 콩가루의 개구진 맛이 뭔가…… 다정한 느낌을 주었다. 여섯 개 정도 집어 먹고 어, 벌써 배가 부른데? 싶어 비닐을 도로 덮어놓았는데도 고소한 콩가루 냄새가 맴돌았다.

그 이후로, 이삼일에 한 번이나 사나흘에 한 번 꼴로 떡집에 들렀다. 한번 사면 이틀은 먹을 수 있었고 주말에는 부러 떡을 사진 않게 되었으므로. 부정기적으로 떡집이 쉬는 날도 있었다. 그런 날은 가게 문에 손으로 적은 '오늘 쉽니다'가 붙어 있었다. 나는 주로 인절미, 무지개떡, 절편을 돌아가며 샀고 가끔 바람떡을 살 때도 있었다. 시루떡이나 꿀떡은 내 취향이 아니었다. 그건 너무 달았다. 내가 떡집에 들르는 시간에는 사장님으로 보이는 부부나 아르바이트생, 혹은 아들로 보이는 젊은 남자가 랜덤으로 있었다. 내가 떡을 사면 그들 중 한 명이 계산을 해주었다.

세 명에게는 각각 나름대로의 패턴이 있었는데, 남편으로 보이는 중년 남자는 언제나 떡을 뽑아내는 것 같은 기계 앞에 서 있다가 내가 계산을 요청하면 손을 툭툭 털며 다가왔다. 가래떡을 뽑는 기계인가? 중년 남자 뒤로 보이는 기계를 구경하고 싶었지만 그런 걸 물어볼 순 없었다. 중년 여자는 주로 스티로폼 팩에 담긴 떡을 랩으로 포장하고 있다가 내가 들어서면 고갯짓으로 살짝 인사를 했다. 두 사람 모두 쓸데없는 말을 하지 않는 사람들이었다. 주기적으로 떡집에 들르게 되었을 때 나는 내심 오래된 동네 떡집 주인의 너스레 멘트를 기대하면서 각오했는데, 전혀 없었다. 중년 부부는 언제나 알아서 영수증을 버린 뒤 고맙습니다, 하고 말했다.

그리고 젊은 남자는 항상 좀 어슬렁거리는 것 같았다. 마스크를 쓰고, 앞치마를 하고, 장갑을 끼고 뒷짐을 진 채로 가게를 천천히 맴돌거나 중간 어디쯤 어정쩡하게 서 있었는데 그것이 어색해 보이진 않았다. 잘 어울린다는 생각까지 들었다. 이곳에서 일을 오래 한 사람처럼 보였다. 공간에 충분히 녹아든 느낌, 중년 부부만큼은 아니어도 있을

만큼 있어온 사람 같았다. 내가 떡을 고르고 카드를 주면 스르륵 다가와 계산을 하고 검정 비닐봉지에 떡을 담아 스르륵 건네주는 남자도 역시 중년 부부만큼이나 말이 없었다. 영수증 필요하세요? 그에게 들은 말은 그게 전부였다.

*

저녁에 공원 걷기를 시작하게 된 것은 역류성식도염 증상 때문이었다. 그즈음 퇴근 후 저녁을 먹은 뒤 포만감에 휩싸여 곧장 침대에 눕는 게 나의 유일한 행복이었다. 그 루틴을 거쳐야 아, 나 퇴근했지, 집이지, 이게 행복이지…… 하고 확실하게 느낄 수 있었다. 그렇게 매일매일 반복. 당연한 수순처럼 목젖이 있는 목구멍의 시작부터 깊은 위장과 연결된 목구멍의 끝까지 화끈거리는 증상을 얻게 되었다. 그대로 몇 주 방치하니 조금만 말해도 목이 아프고 쉰 목소리가 나는 지경까지 이르렀다.

한 주 내내 점심시간에 동료들로부터 모림 씨 감기야? 어제 술 마셨어? 컨디션 안 좋아? 같은 말을 듣고 나서야 경각심이 스멀스멀 피어올랐다. 그럼에도 반차를 쓰거나 팀장에게 양해를 구하고 근무 시간에 병원을 다녀오는 일이 죽기보다 귀찮아서, 일단은 생활 습관을 고쳐보기로 마음먹은 것이다. 먹고 눕지 않기. 먹지 않고 눕거나 먹고 눕지만 않으면 되는 것을 지키는 건 왜 이렇게 어려운지. 나는 울고 싶은 마음을 참으며(참자…… 내 나이 서른한 살…… 하고 되뇌며……) 저녁을 먹은 뒤 주섬주섬 트레이닝복을 입고 운동화에 미적미적 발을 밀어 넣고 공원으로 나갔다.

그리고 한창 더웠던 날 공원에서 그 남자를 만났다. 내가 티튀루스라고 부르기로 한 남자, 딱 그 이름이 어울렸던 남자. 남자는 개를 데리고 산책하고 있었다. 개가 너무 귀여워서 나도 모르게 빠르

개를 데리고 다니는 남자   17

게 걷던 속도를 늦춰 개를 바라보며 걸었다. 개의 몸줄을 쥔 주인이 나를 슬쩍슬쩍 보는 게 느껴져서, 어색하게 고개를 끄덕 숙여 인사를 건넸다. 강아지가 너무 예뻐요, 만져봐도 되나요? 하고 말을 건넬 용기는 없었기 때문이다. 그냥 지켜보는 건 괜찮겠지…… 하고 생각하며 조금 더 거리를 두고 개를 바라봤다. 연한 갈색의 강아지였다. 요즘 저렇게 물 빠진 갈색 강아지들이 많더라……. 너무 귀엽다……. 저 귀…… 저 눈……. 내가 가장 좋아하는 믹스견의 생김새였다. 부드럽고 부드럽게 생긴.

티 나지 않게 혼자서 감상하고 있다고 생각했는데, 갑자기 개와 나 사이의 거리가 좁혀지더니 남자가 말을 걸었다.

약밥이에요.

예?

이름이 약밥이.

아…… 약밥이 안녕.

물 먹일 건데 옆에서 보셔도 돼요.

그렇게 말하고 남자는 트랙을 벗어나 벤치로 가서 앉았다. 약밥이는 헉헉거리고 있었다. 물 마시고 싶었구나, 약밥이…… 나는 홀린 듯이 남자가 앉은 옆 벤치에 앉았다. 남자는 능숙하게 산책용 물통을 꺼내 생수를 부어주었다. 남자와 나 사이에 약밥이가 참참참 물 마시는 소리만 들렸다. 엄청…… 뻘쭘하네. 약밥이는 귀엽고. 나는 물 마시는 약밥이를 실컷 구경했다. 저 귀여운 혀…… 다부진 다리…… 그림 같은 꼬리…… 너그럽게 접힌 귀. 약밥이는 나의 이데아 개였다. 개와 함께 산다면 저런 개면 좋겠다고 생각했는데. 이 남자 좋겠다. 약밥이가 물을 다 마시자 남자는 남은 생수를 들이켰다. 그 모습을 보자 나도 목이 마르는 느낌이라 가방에서 물을 꺼내 마셨다. 가방에는 사무실에서 먹다 남은 무지개떡 반 덩이도 들어 있었다.

떡 드실래요?

약밥이 구경을 오래 한 것 같아 용기 내어 물어 보았다. 이 무지개떡 맛있는데…… 그랬더니 그 남자가 나를 영 이상한 사람 보는 듯한 표정으로 보는 것이다. 뭐야, 먹기 싫으면 아니요, 하면 되지 베푸는 사람한테 표정 뭐야, 그렇게 생각하고 있는 데 개 남자가, 약밥이 주인이 말했다.

저 몰라요?

예?

저.

누구신데…….

저 떡집 사람이잖아요.

헉. 나는 소스라치게 놀라며 숨을 들이켰다.

전혀 몰랐는데. 진짜 모르겠는데요.

개 남자는 시무룩한 말투로 말했다.

그럴 수 있죠, 거기서는 마스크 쓰고 앞치마 하 니까…….

나는 왠지 억울한 마음에 덧붙였다.

말도 안 하시잖아요. 영수증 준다는 말밖에 안 하니까 내가 목소리로도 못 알아채지.

내 말에 개 남자는 조금 반가운 기색이 되었다.

영수증 물어보는 건 기억하네요? 맞아, 제가 너무 말을 안 했죠.

좀 너무 반가워하는 기색이라 내가 되레 머쓱했다. 뭐야…… 기억했다고 이렇게 좋아할 거면 진작에 말을 붙이던가……. 일주일에 주말 빼고 평일 아침 한두 번은 들르는데. 그렇게 기회가 많았는데. 이렇게 말도 잘하면서. 아니다……. 그냥 일터에서는 스몰토크 하기 싫어하는 타입일 수도 있지. 나처럼……. 그럴 수도 있겠다. 나는 무지개떡을 먹으며 생각했다. 개 남자가 자기도 달라는 듯 손을 내밀었다. 뭐야.

안 드신다면서요.

제가 언제요.

떡집 사람이라면서요.

그렇긴 한데…… 맛있게 드시네요.

나는 떡을 조금 떼어 남자의 손 위에 올려주었다. 떡을 오물오물 씹는 남자의 턱과 볼 사이가 볼록해지는 게 다람쥐 같았다. 커다란…… 다람쥐…….

우리는 어색하게 걷다가 공원을 빠져나와 떡집 앞에서 헤어졌다. 개 남자는 내일도 떡집에 들르냐고 물었다. 무심코 네, 하고 대답하려다가 사무실 책상에 그대로 두고 온 인절미가 있다는 게 생각났다. 항상 인절미를 우선으로 사는데, 그날 따라 무지개떡도 당겨서 엉겁결에 인절미에 무지개떡까지, 떡을 두 팩이나 산 것이다. 아니요, 일단 남은 것을 먹고, 그렇게 대답하자 개 남자가 아쉽네요, 했다.

집에 돌아와서 아쉽네요, 라고 말하던 남자의 볼과 턱 사이를 생각했다. 아무것도 물고 있지 않은데도 가끔 볼록 튀어나오던 볼. 개를 데리고 다니는 남자는 과연 다람쥐 같은 생김새였다.

*

　다음 날 아침 사무실에 앉아 랩에 싸여 스티로폼 상자에 담긴 남은 인절미를 먹었다. 직사각형 모양의 인절미는 귀퉁이 부분이 말라 약간 딱딱했지만 가운데 부분은 여전히 말랑했다. 입에 넣고 씹으면 부드러워지며 단맛이 돌았다.

　파티션 아래에서 몸을 웅크리고 회사의 공기에 귀 기울이고 있자면 다들 무언가에 열중해 있고 집중할 일이 있는 데 비해 나만 룰을 이해하지 못하고 동떨어져 있는 듯한 기분이 들었다. 매일 그런 건 아니고…… 일주일에 절반 정도? 나의 유일한 회사 친구인 성아는 내게 중요한 게 없어서 그런 거라고 했다. 그러나 내 생각에는 그건 내 어리석음 때문이다. 나는 언제나 내가 행한 뭔가를 되돌아보고 어리석다고 생각한다. 그러면서 다르게 행동해볼 기운이나 명석함은 필요 없다고도 생각한다. 그건 내가 아니라는 생각이 들기 때문이다. 이런 내 상태를 설명하는 것 자체로 어리석음을 증명하는 기분이 든다.

점심시간 조금 직전부터 비가 내리기 시작했다. 비 오는 화요일이군. 이런 날에는 성아와 마구 떠들고 웃으며 점심시간을 보내기보다 조용히 책을 읽고 침묵 속에서 행복하게 점심시간을 보내고 싶어지네. 그렇게 생각하며 혼자 점심을 먹으러 나왔다. 여전히 좋아하는 책을 들고. 핸드폰으로 날씨를 체크하니 비는 하루 종일 내릴 것 같았다. 오늘 저녁엔 공원에 나가지 못하겠군……. 그런 생각이 스며들어 내 머릿속에 가득 차 있던 『팔뤼드』를, 앙드레 지드를 지웠다. 머릿속에는 이제 '팔뤼드'를 쓰려고 메모를 하며 돌아다니는 한 남자가 지워지고 개를 데리고 다니는 떡집 남자가 그려졌다.

떡집 남자의 꿈은 뭘까. 그의 화두는 무엇일지 궁금해졌다. 맛있는 떡을 만드는 것? 그도 일을 하는 떡집과는 무관한 자기만의 꿈을 품고 있을까? 그게 아니면 그냥 보통 남자들과 비슷하게 게임이나 주식? 운동복이 예쁘던데 패션……? 아니면 자기 자신에게는 썩 관심이 없고 그저 데리고 다니는 개에 대한 충직하고 연약한 사랑일까? 기억 속 그의 모습을 생생하게 뜯어보려고 애쓰다 보면 번번이 힌트를 얻는 데는 실패하고, 그가 고개를 숙이고 수줍은 듯, 수줍지만 참지 못하겠다는 듯 웃음을 터뜨리거나 얼굴에 미소를 번지게 하던 장면만 되풀이하게 되었다. 그래서 나는 개 남자를 티튀루스라고 부르기로 했다. 소설 속 문장이 떠올랐기 때문이었다. "티튀루스가 웃는다."

*

초여름 장마 때문에 며칠 공원에 나가지 못했
다. 비 내리는 주간이 지나가자 날씨는 본격적으로
더워졌다. 여름의 공원은 기세 좋게 이파리를 떨
치는 나무들 덕분에 비좁고 빽빽해 보였다. 공원에
나가지 못해 이상하게 초조해진 나는 떡을 빨리 먹
게 되었다. 가끔은 점심으로도 먹었다. 불행히도
그 전 주에 떡을 두 팩이나 사놓아서, 냉동실에 얼
려두었던 떡을 더운 실온에 녹이고 녹여 꼭꼭 씹어
먹었다. 드디어 떡집에 들르던 날, 문을 미는데 평
소보다 두 배는 무겁게 느껴졌다.

오늘은 떡을 포장하는 곳에 티튀루스가 서 있
었다. 어서 오세요, 라고 티튀루스가 말했다. 문 쪽
은 보지도 않고. 나는 숨소리도 작게 내며 떡을 골
랐다. 티튀루스는 여전히 말없이 떡을 포장하는 데
에만 여념이 없었다. 그러다가 내가 고른 떡을 불

쑥 내밀자 외마디 비명을 질렀다.

어!

안녕하세요.

티튀루스에게는 언제나 첫 한마디가 어려운
모양이었다. 일단 한마디를 떼고 나면 도저히 예상
하지 못한 문장을 태연하게, 꽤 많이 뱉었기 때문
이다.

약밥이는 집에 있어요.

아, 예.

그동안 바쁘셨어요?

왜요?

공원에서 안 보이시길래.

전 비 와서…….

비 오면 안 나오세요?

비 와도 나가세요?

네. 약밥이 우비도 입는데. 나중에 보여드릴게
요.

예······.

아, 오늘?

오늘?

오늘 저녁에 나오시면 보여드릴게요. 오늘 저녁에 비 오면.

비 올까요?

안 오면 좋죠.

하하······ 그죠······.

그런 대화가 이어지리라고는 생각하지 못했고, 나는 무척 당황했다. 애초에 뭘 어쩌려고 떡집에 간 건 아니지만······ 너무 생각 없이 갔나. 티튀루스가 떡집에서는 말이 없을 거라고, 공원에서처럼 수더분하고 넉살 좋지 않을 거라고 왜 철석같이 믿었지? 바보 같다······. 그런 자책을 하며 티튀루스가 떡을 검은 봉지에 담아 건네줄 때까지 기다렸다. 오늘은 꿀떡. 인절미에 조금 질려가던 참이었고 오랜만에 꿀떡의 진한 단맛도 나쁘지 않을 것 같았다. 티튀루스가 봉지를 건넬 때, 고개 숙여 인사할 준비를 하고 있던 나는 한 번 더 당황하고 말았다. 티튀루스가 터키아이스크림 장수처럼 떡을 건네던 손을 번쩍 들어 동선을 변경하며 물었던 것이다.

이름이 뭐예요?

저요?

네.

나는 손은 뻗었으나 떡은 잡지 못한, 부끄럽고 쑥스러운 몸짓을 간신히 지우며 대답했다.

김모림이요.

저는 이찬영이에요.

예에…….

그럼 저녁에 봬요.

네, 안녕히 계세요.

나를 회사로 실어다 나르는 지하철에서, 사무실 내 자리에서, 나는 자꾸만 멍해졌다. 티튀루스가 웃지 않고 묻던 순간을, 그것도 상상 이상의 질문만을 골라 하던 순간을 자꾸만 떠올리고 있었다. 오늘? 하고 묻던 순간. 이름이 뭐예요? 하고 묻던 순간. 떡집에서 언제나 마스크를 쓰고 있어 입 모양을 볼 순 없었지만 그 순간에도 왠지 웃고 있었을 것만 같은 티튀루스…….

그러나 실상 웃는 건 나였는지 자리 뒤로 지나가던 성아가 회사 메신저로 톡을 보내왔다.

— 뭐야. 좋은 일 있어?

— 좋은 일인지…… 아직 모르겠네…….

— 뭔데 뭔데.

— 동네에 떡집이 있는데.

— 맨날 사 오는 데?

— 응.

— 거기 아들이…….

— 설마.

— 잘생겼어.

— 거짓말하지 마.

— 괜찮게 생겼어.

— 아니잖아.

— 웃겨.

— 좋아하지 마.

— 왜?

— 떡집 아들 좋아하지 마. 그냥 그게 다야.

성아는 한숨 쉬는 토끼 이모티콘을 연달아 보내왔다. 나는 그걸 보고도 그저 웃었다. 내가 몇 분 동안 답이 없자 성아는 다시 톡을 보냈다.

— 모림.

— 응?

— 나 결혼해.

— ?!?!?!?!!?? 거짓말.

— 진짜야.

— 언제?

— 내년 4월.

— 헐.

성아는 남자친구와 6년을 만났다. 그리고 만난 지 5년이 되던 해 남자친구가 자신이 모르는 사이 다른 여자를 좋아한 것 같다고, 아주 잠깐이지만 좋아한 게 맞는 것 같다고 헤어진 적이 있다. 남자친구와 헤어졌을 때 성아는 그런 건 절대 용납할 수 없다고 했었다. 그러나 결국 다시 만났고, 지금 결혼을 한다는 것이다. 이제 성아는 그런 걸 용납할 수 있는 사람이 되었나. 다른 사람을 좋아했던 애인과 아주 오래도록 한집에 살 거라는 결심을 할 수 있는 사람이. 어째서 자신이 믿던 것을 저버리는 식으로 사람은 바뀌는 것인지, 자세한 것은 잘 모르겠지만 왠지 그것은 무척 어른의 태도 같았고, 어쩌면 사랑은 누군가의 비밀을 품어주는 것인지도 모르겠다고 생각했다. 역시, 자세한 사정은 알 수 없지만. 성아에게 다시 톡이 왔다.

— 그니까 떡집 아들 좋아하지 마.

피식. 나는 다시 웃었다. 그전보다는 조금 힘 빠진 웃음을. 점심시간은 성아가 털어놓은 이야기나 물으며 스무고개 하듯 보내면 되겠다, 그런 생각을 했다. 그러면 퇴근 시간이 오겠지. 저녁에는 공원에 가야지. 우비 입은 약밥이를 보러. 약밥이를 데리고 다니는 티튀루스도 보러.

*

아쉽게도, 그날 저녁엔 비가 내리지 않았다. 약밥이는 우비를 입고 있지 않았고, 티튀루스는 어깨에 보랭병을 메고 있었다. 그 모습이 썩 스포츠맨 같아 보였다. 나를 본 티튀루스는 웃었다. 손을 번쩍 들고.

덥죠?

왠지 쭈뼛거리며 다가간 나에게 티튀루스는 아주 자연스럽게 보랭병에 담아 온 것을 뚜껑에 따라

주었다. 음료의 정체는 얼음 박카스였다. 한 모금 마셔보니 달고 시원하고 짜릿한 박카스 맛이 감동적이었다. 카페인과 당이 동시에 돌아 좀 신이 난 나머지, 나는 농담을 하고 말았다.

떡집 아들이…… 얼음 박카스? 감주 같은 거 마셔야 되는 거 아닌가.

출근 송으로 힙합 듣는다고 하면 뒤집어지시 겠네.

그럼요.

모림 씨 왜 이렇게…… 늙었어요? 마음이?

무슨 소리. 저 엠지예요.

몇 살인데요?

서른한 살.

전 스물여덟. 모림 씨가 엠지면 저는 더 엠지 죠, 제가 더 어린데.

그러네.

서른 이후 나이를 내 입으로 내뱉어본 적이 별

로 없어서 어색해하고 있는데 거기에 티튀루스의 나이까지 들어버려 나는 좀 어버버했다. 뒤이어 성아에게 티튀루스의 나이를 말하는 내 모습이 떠올랐다. 아주 구체적으로. 뜨거운 녹차를 우리는 머그컵을 들고 스물여덟 살, 하고 입 모양을 만드는 나와 음절이 채 끝나기도 전에 뭐? 하고 미간을 찌푸리는 성아를, 마치 본 것처럼. 스물여덟. 나이가 뭐라고 듣자마자 갑자기 눈앞의 사람이 그 나이처럼 보이게 되는 걸까? 그건 어린 나이일까, 어리진 않은 나이일까? 뭘 하려고 하느냐에 따라 다르겠지. 성아에게 나이를 갖다 둘 곳은 결혼뿐이고 그러면 티튀루스의 나이는 어린 나이다. 나이를 알고 다시 보니 운동복 차림의 티튀루스가 정말 어리고 앳되어 보여서 스스로에게 조금 놀랐다. 스물여덟의 남자는 무슨 생각을 하고 살까? 정확히는 스물여덟의 티튀루스는. 약밥이를 데리고 나오는 밤 산책 외에 꾸준히 하는 건 뭘까. 골똘해지려는 찰나 티튀루스가 짐짓 심각한 표정으로 말했다.

근데 엠지는 나이로 나뉘는 거 아니에요.

그럼?

엠지는 태도예요.

어…….

그러니까 태도로 치면 모림 씨는 거의 해방둥이죠.

이…….

욕하기 없어요.

예.

우리는 동시에 웃고 동시에 이야기를 시작했다. 흐흐흐 조용히 웃었는데도 머릿속에 떠돌던 심각한 성아의 표정은 사라져버렸다. 우리는 합이 좋은 복식조처럼 말없이 티튀루스가 손을 내밀면 나는 컵으로 쓰던 보랭병 뚜껑을 건넸다. 티튀루스는 다시 보랭병을 닫아 한쪽 어깨에 둘러멨고, 누가 먼저랄 것도 없이 자리에서 일어나 걸었다. 발 맞춰 느릿느릿 걸으며 티튀루스로부터 동네의 이런 저런 맛집과 용한 한의원, 바가지 씌우지 않는 치과에 대한 정보를 들었다. 티튀루스에게 분갈이를 해주는 꽃집과 맛있는 에스프레소를 내리는 커피집, 케이크가 맛있는 제과점을 알려주었다. 티튀루스는 내가 사는 곳에서 한 정거장이 조금 안 되는 거리에 살고 있었다.

헤어질 때 티튀루스는 웃으며 떡 아직 남았어요? 라고 물었고 나는 웃으며 고개를 저었다. 티튀루스는 그럼 내일 봐요, 하고 말했다. 내일 봐요.

잠들기 전 핸드폰으로 떡의 종류를 검색했다. 티튀루스에게 말을 걸고 싶었기 때문이다. 그리하여 호박인절미라는 새로운 인절미를 알아냈다. 겉에는 부들부들한 카스텔라 가루가 묻어 있고 속은 진한 노란색, 말 그대로 호박색이었다. 블로그에는 "겉은 보들보들, 속은 쫀득쫀득, 씹을수록 달아요" 라고 적혀 있었다. 호박인절미 있어요? 하고 티튀

루스에게 묻는 다음 날 아침의 내 모습을 상상하다
가 잠들었다.

*

　졸린 오후, 성아가 탕비실에서 복숭아맛 콤부
차를 타며 말했다. 결혼 얘기가 나온 순간부터 고
민을 많이 했는데, 자기도 끝까지 어떻게 될지 몰
라 미리 말을 못 했다고. 마음에 드는 식장을 예약
할 수 있게 되어 이제야 진짜 하는구나 싶어 얘기
한 거라고 털어놓은 뒤였다. 그런데 뭐 식장 들어
가봐야 안다고……. 그렇게 덧붙이기도 했다. 성아
의 톡톡 쏘는 말투와 무심한 듯한 태도 때문에 아,
진짜 결혼 그거 뭐라고 진짜 겨우겨우 한다, 같은
느낌을 받을 수 있지만 나는 그 안에 꿀처럼 웅크
린 성아의 설렘을 들은 듯했다. 단단한 목소리 안
에 녹은 듯 들어 있는 말랑한 것. 성아를 보면 하얗

고 말랑한 꿀떡이 생각났다. 동글동글하고 가끔 분홍색인 것. 단단하게 닫혀 있는 것 같지만 속에는 꿀과 깨가 든 것. 내일은 꿀떡을 사고 성아에게 좀 나눠줘야지 생각했다.

모림, 나는 진짜 네가…….

응.

좀 구실을 하는 남자를 만났으면 좋겠어.

응?

나는 항상 네가 꽂히는 남자들의 장점을 모르겠다고. 너는 사람 눈을 잘 들여다봐서, 그 남자랑도 영혼의 눈맞춤을 했는지 말았는지는 모르겠지만! 그냥 돈도 잘 벌고 회사도 다니고 그런 보통, 아니 보통보다 조금 나은 남자랑도 연애해봤으면 좋겠어.

응…….

그냥, 그냥 그래. 그런 맘이야.

그러고는 내 눈을 빤히 바라봤다. 영혼의 눈맞

춤을 시도하는 것 같았다. 나도 지지 않고 성아의 눈을 바라보며 말했다.

무슨 말인지 알아.

성아가 한 말 나 하나도 기분 안 나빠, 하는 마음을 담뿍 담아서. 성아는 먼저 시선을 거뒀다. 성아 말이 맞았다. 나는 다른 사람의 눈을 잘 들여다본다. 그게 하나도 민망하거나 쑥스럽지 않다. 성아는 쑥스러워 보였다. 조금 쑥스러운 듯, 그래도 하고 싶던 말을 해서 후련한 듯, 그 둘이 반반 정도 섞인 표정이더니 곧 시원한 웃음으로 그 표정들을 전부 지웠다. 웃을 때 파도가 밀려드는 것 같은 성아의 입매. 길고 까만 속눈썹이 폭신해 보이는 아몬드 모양의 또렷한 눈이 가늘어질 때 성아는 무척 예뻤다. 웃지 않을 때 포카혼타스 인형 같은 성아. 웃을 때는 귀여운 포켓몬 같았다. 치코리타 정도? 나는 나에게 쏠린 관심을 돌리고 싶어 어색하게 물었다.

너라면 어떤 사람을 만날 것 같아?

월 400 이상. 서울 아파트 전세 대출에 결격사유가 없는 사람.

절대로 그거?

응. 호감이 비슷한 정도라면 돈 있는 사람이지.

성아는 내가 화제를 돌리는 걸 봐줄 생각이 없다. 그렇구나, 맞아 돈……. 내가 웅얼거리자 성아는 말했다.

퀴즈입니다. 사람들은 나한테 원래 어렵던 걸 쉽게 만들어주는 사람을 좋아할까요, 원래 어려운 것을 한층 어렵게 만드는 사람을 좋아할까요?

성아는 대답하지 않는 나를 빤히 쳐다본다. 왜 알면서 대답 안 해, 하고 고요하고 묵직하게 텔레파시를 보낸다. 그런 문제에 나는 아니? 아닌데? 하고 어깃장 놓고 싶은 마음도 없고 힘든 사랑이 진짜 사랑…… 그런 주장을 하고 싶지도 않지만 어쩐지 고르고 싶지가 않다. 성아가 말하는 남자는 무빙워크 같은 남자일 거라고 이해해본다. 우리는 무빙워크에서도 걸으니까, 나를 조금 덜 걷게 하는 남자. 그래, 목적지까지 덜 수고롭게 가도록 돕는 남자. 그것은 좋지. 하지만 모로 가도 가겠지, 영영 안 가고 싶은 건 아니니까 가게 될 길이면 가겠지 하고 시간 단축, 걸음 수 단축에 별 관심 없는 사람 도 있지 않을까? 그러니까, 1년에 네 권 정도 읽으 면서 책을 좋아한다고 하는 나 같은 사람 말이다.

넌 아직 다음 단계로 가고 싶지 않은지도 모르 겠다.

성아는 나를 열심히 이해해보려고 해주는 몇 안 되는 사람. 나는 음…… 그럴지도…… 이 지연 의 상태가 좋은지도…… 라고 성아의 이런저런 가 설에 맞장구친다. 이런 가설의 결과는 언제쯤 알 수 있을까? 결과 발표는 언제인가요? 나는 허공을 바라보며 속으로 묻는다. 티튀루스의 이야기를 꺼 낸 이후로 나를 보는 성아의 미간에 항상 심각함이

서려 있는 게 괜히 웃겨서, 성아의 속을 뒤집는 말을 부러 해본다.

떡집 아들이 그러는데, 부모님이 내 얘기 하신 적 있대.

뭐라고?

아침에 오는 아가씨 인상 좋다고.

썸도 아닌 단계에서 절대 부모랑 엮이지 마!

성아는 맥심 커피믹스를 한 움큼 쥐고 던질 기세였고 나는 그 모습을 보고 허리를 접으며 웃었다. 성아는 살아 있는 네이트판, 걸어 다니는 블라인드……. 그곳에서도 고민 상담 글에 한 문장으로 답변을 달아버리는 프로 베스트 댓글러 같았다. 그런 성아가 좋았다.

자리로 돌아와서 나는 내가 누굴 좋아하는지, 특히 어떤 이유로 좋아하는지 생각했다. 나는 재밌는 사람을 좋아하네. 성아도 티튀루스도 잘 보면 재밌는 사람들이다. 장르는 퍽 다르지만. 재밌는 건 드무니까. 나는 취미도 흥미도 별로 없는 부류의 사람이다. 내가 성아를 흥미로워하는 만큼 성아는 그런 나를 신기해했다.

결혼은 보통 언제 하는 걸까?

내가 물었다.

회사에 기대할 게 없을 때.

성아는 대답했다. 정말 그럴까? 성아는 회사에 존경할 만한 사람이 없다고 했다. 저렇게 되고 싶다고 여겨지는 사람이 없다고. 저렇게 되고 싶다고 생각한 사람은 나 역시 없지만……, 반대로 나는 회사의 거의 모든 사람을 존경하는 편이었다. 회사처럼 생각하고 회사를 중요하게 여겨 회사의 시간에 충실한 모든 구성원을. 늦어지는 일에 화를 내고, 작은 실수를 그냥 넘어가지 않으며, 동료나 부하직원의 근태를 엄중히 감시하고, 회사에서의 올바른 태도가 있음을 주창하고, 어떤 프로젝트가 진행될 때 기꺼이 자신이 핸들을 쥐고자 하는 태도가 존경스러웠다. 나로 말할 것 같으면…… 맡은 업무 중 몇몇은 재밌고 귀엽고 놀라운 면이 있다고 생각하지만 그 외, 내가 중요하지 않다고 생각하는 부분에 열을 내는 담당자를 만날 때마다 왜 그렇게까지? 라고 생각하는 편이었다. 그런 생각을 말하면 성아는 그럼 뭐가 좋아? 뭐가 재밌어? 하고 물었는데, 나는 언제나 그때그때 재밌는 것들을 대답하면서도 한편으로는 덮어두거나 회피하고 있다는 느낌이 들었다.

그러다가 문득, 나는 언제나 뭔가가 고프지 않은 동시에 고팠는데, 그게 아마도 사랑일지도 모르겠다고 생각했다. 모든 것에 대한 사랑이 있기는 있는 동시에 없는 것만 못하게 있는 것이다.

*

뭐 좋아해요? 보통, 평소에.

다음 날 밤 공원에서 티튀루스를 만나 대뜸 그렇게 물어보았다. 티튀루스는 손가락을 접어보며 말했다.

음악, 여행, 축구. 모림 씨는요?

전 셋 다 안 좋아하는데요.

그럼 뭘 좋아해요?

이제 뭘 좋아해야 할지 모르겠어요.

나의 사랑은 무척 얕다. 어쩌면 성아는 나의 얕은 사랑을 걱정하는지도 모른다. 아무것도 중요하지 않아 보이는 나에게 자꾸 결혼을 추천하는 건 그 때문인지도 모른다. 제도는 무거우니까. 무거운 것에 매이면 어쩔 수 없이 깊게 내려가게 되니까. 얕은 사랑도 좋지만 깊은 것도 해보라고. 그래도 몇 년 전엔 애인도 있었고 회사에도 더 흥미를 지닌 채 붙어 있었던 것 같은데, 최근을 생각하면 아무리 생각해도 떠오르지 않았다. 좋아하는 것. 좋아할 것.

책을 좋아한다기엔 1년에 네 권 읽는다. 떡을 좋아한다기엔 떡집에 들른 지 한 달이 겨우 됐고, 산책을 좋아한다기엔 나가기까지 너무 귀찮아한다. 티튀루스를 만나기 전까진 그랬다는 말이다. 티튀루스를 만나고 나서는 떡집을 들르는 것도, 공원에 나오는 것도 신이 났다. 그렇다면 내가 좋아하는 것은? 물음표 모양을 한 화살표. 가리키는 곳이 너무 빨라서 스스로가 좀 창피했다. 시무룩하게 들리는 내 대답에, 신나서 몸을 흔드는 약밥이에 의해 정처 없이 흔들리는 몸줄을 쥐고 티튀루스는 갸우뚱하며 되물었다.

뭘 좋아해야 할지 모르겠어요?

네. 회사 친구는 사람을 잘 보다가 구실을 하는 건실한 남자를 만나서 결혼하래요. 그게 다음 단계라던데.

친구는 그 단계로 넘어갔어요?

네. 넘어갔어요.

그래서 모림 씨도 넘어가려고요?

그럴까 했는데……. 어느 날 갑자기 뇌가 하얘지듯이 이때까지 내가 뭘 좋아했는지, 좋았던 게 투명해져서 잘 모르겠네.

이때까진 뭘 좋아했는데요?

그냥…… 아무 일도 없는 주말에, 버스 타고 30분쯤 가다가 대충 어딘가에 내려서 가방 내려놓고 책 읽고 그러면 좋았거든요. 아무 생각 안 하고. 그런데 요즘은 몸은 가만히 있는데 머릿속이 너무 분주해요. 문제는 내가 무슨 생각을 하는지도 모르겠다는 거예요.

그게 불안이라는데.

맞아요. 성아도 그게 불안이라고, 머리 말고 몸을 빨리 다음 단계로 넘어가게 하면 그런 불안은 사라진대요. 플래너 계약, 웨딩홀 계약, 드레스 예약, 사진 촬영, 신혼집 계약, 이렇게 쭉쭉쭉 가다 보면 너무 바빠서 웨딩 업체의 부당한 갈취에서 오는 정확한 분노나 돈만 있으면 더 좋은 걸 할 수 있는데 돈이 없어서 더 좋은 걸 할 수가 없는 정확한 안타까움만 있고, 구름처럼 뭉게뭉게한 불안은 없대요. 이인삼각처럼 둘이서 그걸 다 해내고 나면 성취감도 든다고.

성아 씨가 그래요?

네, 성아가 회사 친구예요.

성아 씨는 그거 했대요?

성아는 이제 그거 할 거예요. 내년에 결혼한다고 했거든요.

다음 단계로는 티튀루스가 미끄러지듯 잘 나아갔다. 저녁의 공원에서 그는 나에게 보랭병에 담긴 고소하고 달달한 미숫가루를 건네며 아주 자연스럽게 이렇게 물었다.

언제 영화라도 보면 좋겠네. 모림 씨 무슨 영화 좋아해요?

좋아하는 영화 별로 없어요.

그럼 여러 번 봐도 안 질리는 영화. 틀어두면 그냥 좋은 영화 있잖아요. 그건 뭐예요?

그런 영화는…… 〈비디오드롬〉이요.

어…….

찬영 씨는 뭐…… 좋아하는 영화 있으신지.

포뇨요.

예?

〈벼랑 위의 포뇨〉…….

아…….

*

하반기 알림이라고 인사과에서 전체 메일이 왔다. 승진 알림 메일이었다. 온라인마케팅팀 세희 씨, 경영지원팀 경인 씨, 그리고 디자인팀 승민 씨 와 우리 팀의 성아는 과장이 되었다. 비슷한 시기 에 들어왔거나 연차가 비슷한 서른 즈음의 동료 직원들이었다. 그러니까 회사에서 판단한 각 팀의 에이스라고 할 수 있었다. 다 같이 축하 점심을 먹는 자리에서 맞은편에 앉은 성아가 할 말이 있는 표정을 하고 있는 게 보여서 괜찮아, 했다. 나는 성아보다 6개월 정도 먼저 입사했고 이 회사에 7년째 다니고 있었다. 모림도 승진해야 하는 거 아니냐고, 성아는 말하고 싶었을 것이다.

그런 것은 아무 상관이 없다. 줄 마음도 없고 받을 마음도 없고…… 어쩌면 이 상태가 최선을 다해 회사랑 사이가 좋은 시절인지도 모르지. 나는 성아에게 그렇게 농담했으나 성아는 시원하게 웃어주지 않았다. 정말인데. 나는 괜찮은데. 성아가 되는 건 좋다. 내가 되는 건 (혹은 되지 않는 건) 그냥 그렇다. 아무리 생각해도 대리에서 과장이 되는 것 같은 일은 썩…… 좋지도 기쁘지도 않았다. 언젠가 이런 얘기를 하는 나에게 인사과 선배가 네가 중요하지 않게 생각하더라도 회사에서 너를 평가

하는 중요한 포인트라고 일러준 적이 있는데, 그때도 잠자코 고개를 끄덕이긴 했지만 사실 정말 상관이 없었다. 회사가 나를 어떻게 평가하든. 그리고 그건 팀장에게 익히 들어 아는 내용이었다. 그걸 다시 알아봐야 크게 달라질 게 있겠는가.

　팀장은 나에게 종종 의욕을 가지라고 말했다. 좀 도전적으로 뭔가 해봐, 모림 씨. 책임감을 가지라고. 하지만 책임감이라니. 양심 정도만 가지면 안 될까요? 저는 양심적으로, 실수하지 않기도 힘든걸요. 그렇게 대답하지 못했다. 네, 노력할게요. 그렇게 말하고 또 고개를 끄덕끄덕. 그것도 얼마간의 진심이었다. 이제까지 해온 것과 다르게 뭔가를 바꿀 수 있을까? 회사에서? 나는 하루하루가 이미 무척이나 다르고, 그래서 매번 무척이나 진땀 나고 익숙해지지가 않는데, 사람들은 나를 무척 기계적이고 반복적인 캐릭터라고 생각한다. 그 정도는 안다. 그러나 다른 사람들은 이것만은 모른다. 나에게는 그 반복적인 삶도 가뿐하지가 않다는 것.

동시에 나는 사람들이 나에게 바라는 게 실제로 성과를 내는 게 아니라 성과를 내보고자 하는 캐릭터로의 변신이라는 것, 그러니까 기세의 문제라는 것도 조금은 안다. 기세가 있었다면 달랐을까, 서른한 살까지의 내 인생은? 지금 나는 아직 세상이 너무 낯설지만 동시에 너무 많이 살아버렸다는 느낌이 드는 구간에 들어선 것일까? 다른 사람들은 스스로를 어떻게 생각할까? 2020년대가 시작된 이래로 사람들은 스스로를 미래의 인간이라고 생각할까? 전에 없이, 누구와 비교해도 영리하고 문명화되었다고 거리낌 없이 받아들일까?

그렇다면 나는 그 무리에서 약간 비껴나 있는지도 모른다. 나는 여전히 우둔하고 멍한 채로, 시대착오적인 채로 있다. 인스타그램과 쇼핑 라이브 커머스로 커피포트와 토스터와 믹서기를 팔지만, 그 모든 일을 인터넷으로, 메일과 화상회의로 진행

하지만 여전히 미래의 인류라는 실감은 없다. 회사에서 난 대체 뭘 하는 걸까? 그 자체가 가상현실 같기도 하다. 그래서 내가 그토록 이입을 못 하는지도. 브이로그를 찍거나 쿡방을 하는 유튜버들에게 협찬 메일을 쓰면서도, 그들과 내가 같은 종족이고 같은 시대인이라는 실감을 하지 못한다. 이것은 내 진짜 현실이 아니라고 마음 깊은 곳에서 거부하는지도 모른다. 내가 티튀루스라고 부르는 이찬영 씨가 아닌 진짜 티튀루스와 같은 시대에 살았다면 좀 덜 부대꼈을까?

나는 큰 얼음에서 쪼개져 떠내려가는, 그러는 동안 계속해서 조금씩 작아지는 얼음 조각에 탄 무리에서 가장 아둔한 펭귄 같다. 가끔 드는 조바심은 그런 것이다. 다른 얼음 조각에 닿을 수 있으면 좋으련만. 두 얼음을 꼭 붙여, 녹았다가 얼게 할 수 있으면 좋으련만. 조랭이떡 같은 모양으로 붙어 넓어진 얼음 위에서 누군가와 함께 흘러가면 좋으련만. 그런 고민을 하고 있다. 퇴근 후 지하철에 실려 돌아오는 동안, 동네에 내려 도넛이나 핫도그를 사 들고 우물우물 씹으며 마실 삼아 집으로 가는 제일 먼 길을 골라 걷는 동안에.

내 마지막 연애는 4년 전에 끝났다. 스물세 살 때 서른한 살 남자를 만나 스물일곱 살에 헤어졌 다. 스스로를 비혼주의자라고, 또래 여자들은 여자 로 보이지 않는다고, 이렇게 계속 연애하며 지내자 던 그 남자는 작년에 자기보다 열 살 어린 여자와 결혼했다. 세상에. 그런 건 알고 싶지 않아도 알게 된다. 나는 그것을 인스타그램 피드를 구경하다가 알게 되었다. 랜덤으로 뜨는 게시물들을 생각 없이 주르륵주르륵 올리고 있었는데, 한 웨딩 플래너의 계정에 있는 턱시도남의 얼굴이 이상하게 낯익었 다. 전 애인임을 알고 나는 악, 하고 어플을 닫았다. 무방비 상태에서 그런 걸 마주하다니……. 사진을

본 직후 몇 초간은 어쩐지 창피했고 시간이 지나자 곱씹을수록 우스워서 혼자 조금 웃었다. 마지막 연애니 깨끗이 잊히진 않았어도 모든 게 꽤 가물가물해질 즈음이었는데, 이렇게 소식을 알게 되다니……. 그런 우연은 정말 재밌는 것 같았다. 재밌는 일이 여간 별로 없는 게 인생이니까.

나는 이것을 기억했다가 성아에게 들려주었고 성아는 웃지 않고 미간을 깊게 패이게 하며 짜증스러워했다. 성아가 이제는 결혼할 생각으로 사람을 만나보라고 나에게 말해 버릇하게 된 것은 그 이후다. 결혼하지 않겠다고 했지만 결혼을 결심한 전 애인처럼, 동시에 두 사람을 좋아하는 사람을 용납하지 못하겠다고 했지만 용납하기로 한 성아처럼, 나도 언젠가 어떤 결심을 취소하고 다른 결심을 하게 되는 날이 올까?

반복적인 삶은 괴롭지만, 변화 또한 괴롭다. 그럼에도 그런 괴로움은 한번 겪어볼 만한 것 같다……. 환경을 뒤집을 수 없다면 내면을 뒤집어보면 된다. 사랑은 그것을 가능하게 한다. 요즘 사랑 생각을 많이 한다. 티튀루스 때문이겠지. 철없어 보이겠지만 그래도, 사랑에 대해 열심히 생각해야 한다. 지반을 뒤흔드는 듯한 굉장한 변화로서의 사랑은 3개월이면 지나가기 때문이다. 그 뒤로는 다른 사랑이 온다. 광기가 잦아든 뒤의 사랑, 또다시 일상이 되는 사랑이.

오늘 티튀루스와 나는 반복이다. 그네에 앉아 있기 때문이다. 티튀루스가 앉은 그네와 내가 앉은 그네가 엇갈려 하늘로 올라갔다가 땅으로 내려온다. 한 명이 솟구치면 한 명이 곤두박질친다. 그러면 변화인가? 한창 신나게 그네를 타던 티튀루스는 긴 다리로 턱턱 겁도 없이 땅을 디디며 그네를 단번에 멈춘다. 그리고 묻는다.

저녁 뭐 먹었어요?

떡 남은 거. 그리고 고구마도 조금 먹었어요.

모림 씨 식단 하세요?

어떤 식단 하는 사람이 떡을 먹어요.

우리 집 떡 먹었구나?

맞아요. 찬영 씨는 저녁 뭐…….

저는 돈가스. 알아요? 사거리 골목에 돈가스 진짜 맛있는 우동가게 있는 거? 튀김옷이 진짜 얇고 바삭하고, 고기가 엄청 담백해요. 그리고 밥은 셀프. 아이스크림 스쿱으로 푼 것 같은 밥 아니고 밥그릇에 고봉으로 담을 수 있어요. 짱이죠?

짱이네. 저는 몰라요.

몰라요? 이 동네 오래 살았다며!

몰랐어요. 떡집도 최근에 가봤는데요, 뭐.

그러네. 여간 어디 안 다니는구나.

그런 거 같아요.

나중에 꼭 가봐요.

같이 가자고 하지 않는 티튀루스를 속으로 조

금 욕했다. 성아처럼 생각해보기도 했다. 돈가스가 그렇게 좋냐, 돈가스 얘기밖에 할 얘기가 없냐, 어유, 이 어린놈아, 철없는 놈아, 나이답다 다워…….
그렇게 구시렁거리고도 동시에 내 입맛대로 굴지 않으면 티튀루스를 바로 미워하는, 내 속이 복잡하면서도 치사한 것 같아서 기분이 좋지 않았다.

내가 잘 살고 싶어 하지 '않는' 건 아니야. 다만 지금 그러고 싶지 않을 뿐이거나 잘 살고 싶지만 그렇게까지 잘 살고 싶은 게 아닌 것인지도 몰라. 그렇지만 나도 잘 살고 싶어. 누구보다…… 나 자신의 기준에서…….

그런 말을 하고 싶어 속이 터질 것 같았다. 회사에서 받는 오해들에 반박하고 싶었는데 그런 어필은 어쩐지 회사가 아니라 티튀루스에게 하고 싶었다. 나 그렇게 재미없는 사람 아니야, 하고 항변하고 싶었다. 결혼에, 승진에 욕심이 없다고 잘 살고 싶지 않은 건 아니야, 라고 말하고 싶었고 티튀루스에게 그렇지 않아요? 라고 묻고 싶었다.

저는 제 인생이…… 좀 재밌었으면 좋겠어요.

다 제치고, 냅다 그런 말을 해버렸다. 그 순간 나는 나의 욕망을 깨달은 것도 같았는데, 머릿속을 스치듯 지나간 문장은 이런 것이었다. 한참 늦더라도 내 마음대로 걸음대로 이 시대를 가로지를 것. 그것이 나의 목표다.

*

이삼일 내리 기분이, 컨디션이, 운이 좋지 않았다. 코 옆에 잘 터지지도 않는 아픈 빨간 뾰루지가 나서 내내 신경 쓰였고, 병든 닭처럼 오후에 졸기도 여러 번. 운 나쁘게 모두가 자리를 비운 사이 내가 받은 전화는 신이 내린 목청으로 자기 얘기만 하는 의아한 고객 전화였고, 제작 업체와 계약서의 조항을 바꾸는 민감한 메일을 보내야 하는 중 팀장님이 파티션 너머로 불러주는 이런저런 지시 사항을 듣는다고 들었는데 잘못 이해해서 어이없는 문장을 적어 메일을 보내 한숨 소리를 들었고, 신제품을 두고 전사 유관부서와 외주 홍보사까지 함께 진행하는 회의를 잡아놓고 멍하게 자리에 앉아 있다가 회의 시작 5분 뒤 화들짝 놀라 뛰어 들어가기도 했다. 내내 울적했다는 소리다. 이런 주간에는 『팔뤼드』도 힘을 주지 못한다. 벌써 몇 년 차인데도 지적당할 때마다 얼굴이 새빨개지고, 답답한 속은 긴 한숨을 내쉬어도 풀리지 않고, 입맛도 없었다. 퇴근길에는 종종 불 꺼진 떡집을 바라보았다.

어쩐지, 그러더니, 아침에 일어났는데 뒤쪽 허리가 묵직했다. 화장실에 들어가보니 아니나 다를까 생리 시작. 피를 두 눈으로 보고 나면 그래…… 이거였군…… 하는 마음에 속이 시원하지만, 기다렸다는 듯이 바로 배가 아파온다. 이제 봤지? 하고 마음 놓고 아프겠다는 듯이. 아랫배가 부풀고 골반

이 고무처럼 늘어나는 듯 기분 나쁘게 디용디용 하는 느낌이 들고. 허벅지와 종아리도 팽팽해지고 뜨끈한 느낌이 오락가락 지속되었다. 약을 먹으면 괜찮아졌다가, 두 시간 이내로 다시 열이 오르고 몸이 팽팽해지는 느낌이 들고 하반신이 고무가 된 듯한 느낌이 반복. 저녁이 깊어질수록 속이 좋지 않고 머리가 지끈거리는 증상까지 추가된다. 참으로 서럽고 새롭다. 생각해보니 열세 살부터 생리는 거른 적이 없다. 한 달에 한 번. 이틀, 사흘, 늦으면 일주일 미뤄진 적도 있긴 하지만 그건 아주 드문 일이고 보통은 꼭 그즈음에는 했다.

세상에……. 내가 해온 일 중, 가장 꾸준한 일이었다는 사실을 깨달았다. 피를 쏟아내는 일이 말이다. 생리통은 그때마다 들쑥날쑥하였다. 유난히 심한 달도 있고 이 정도면 할 만하다 싶은 달도 있었다. 그래도 대략적으로 떠올려보자면 이십대 후반부터는 뭉근하고 지구력 있게 아픈 느낌이 되었지만 십대 후반부터 이십대 중반까지는 꽤 폭발적으로 아팠던 적도 있었다. 너무 아파서 새벽에 운 적도 많고 못 참을 지경이라 병원에 간 적도 있으니까. 고3 시절에는 시험 때 아프면 큰일이니 한약을 먹었다. 그때는 정말로 안 아팠던 것 같기도 하고……? 허리 뒤에 뜨거운 핫팩을 올려놓고 이마와 손발에 땀을 흘리며, 얇은 이불도 걷어두고 누운 채로 그런 생각을 하는 밤.

이번 생리는 운이 좋지 않다. 운 좋으면 생리통은 첫날, 조금 덜 좋으면 둘째 날까지인데 셋째 날까지 은은하고 짜증스러운 정도로 지속되고 있다. 오랜만에 생리통으로 쉬이 잠들지 못하는 밤에, 나는 잠들기 전 절대 보지 말아야지 생각하다가 결국 다시 핸드폰을 들고, 한 연락처 앞에서 재밌다는 듯 고민이라는 듯 손가락을 흔든다.

이찬영.

포뇨니 비디오드롬이니 그런 서로 알지도 못

하는 영화 얘기를 했던 그날 우리는 연락처를 주고받았고, 나는 지금 그 연락처 앞에서 뭐라도 보내고 싶어 안달이다. 마음과 손가락이 간지럽다. 티튀루스를 생각하니 묵직한 고무 상태가 된 허리에 약간은 쾌감으로 찌릿한 게 느껴진 것 같은데, 착각일까. 누군가가 좋아질 때, 나는 나의 안 좋은 상태를 털어놓고 싶어진다. 누군가에게 나의 안 좋은 상태를 털어놓고 싶어질 때, 나는 내가 그 누군가를 좋아하는구나 하고 알게 된다.

오늘 밤은 배는 차고 등은 뜨겁고 이마며 콧잔등에 땀이 고여서 그런가 왠지 눈에도 물기가 고일 것 같은 밤. 내일 해야 할 일만 생각하는 단순한 마음, 텅 빈 머릿속으로 깊은 잠에 들고 싶은데 몸 여기저기가 붓고 쑤시고 왜인지 그런 상태로 누운 내가 너무 측은하고 가여워서 아무에게나 나 아파요, 정말로 아파요…… 하고 참았던 눈물을 펑 터뜨리고 싶은 밤. 아무에게가 실은 아무에게는 아니지만. 콕 집어 그 사람에게 해도 후회하겠지만. 후회할 걸 알아서 이젠 그러지 않겠지만. 그 아무에게 별로 서럽지도 않을 일들을 그러모아 나 진짜 서러워, 하고 말하고 그가 나를 안아주길 바라지만 그런 걸 상상하는 스스로를 부끄러워하기도 하는 밤……. 뭉게뭉게 끊이지도 않을 생각을 하다가 그래도 하고 싶은 뭔가가 있네, 어쩌면 당연한 욕망을 발견하고 약간은 시시하고 약간은 부풀어서 기우뚱거리는 마음을 다독이며 다시 잠드는 밤.

*

여름은 아직 한창. 티튀루스와는 내가 책 읽는 속도만큼 느릿느릿 가까워지는 중이고 나는 이제 『팔뤼드』를 떼고 다른 책으로 넘어가볼까 하는 참이다.

티튀루스가 처음으로, 나에게 무슨 일을 하는

지 물었다. 이제는 퍽 자연스럽게 내 옆에 서서 속도를 맞춰 걸으며, 티튀루스는 근데 무슨 회사 다녀요? 라고 물었고 나는 고개를 갸웃하며 내가 얘기 안 했던가? 했다. 안 했다고, 들은 줄 알았는데 자기 전에 뭐랬더라 하고 떠올려봤는데 죽어도 떠오르지 않았다고 티튀루스는 말했다. 나는 그 말에 가슴이 빨리 뛰었다. 자기 전에 내가 했던 말을 떠올리는 티튀루스를 상상했기 때문이다.

커피포트랑 토스터, 그런 거 파는 회사예요.

와, 너무 좋다.

좋아요.

커피포트랑 토스터는 말만 들어도 뭔가 선데이 모닝이잖아요.

초등학생 같기도 하고 산악회 회장 같기도 한 티튀루스의 말에 미간을 찌푸렸는데 티튀루스가 길고 고운 손가락을 뻗어 내 미간을 눌러주었다. 장난기 가득한 눈동자를 하고 찡그리지 말라는 소리를 했다. 티튀루스가 손가락 끝으로 누른 게 미간이 아니라 어떤 버튼인 것처럼 나는 마음 한구석을 툭 뱉어버렸다.

이제 좀 지겨워요.

뭐가요?

이렇게만 만나는 거.

그럼?

다른 시간, 다른 이유로 만나거나 아니면 안 만나고 싶어요.

안 만날 수 있어요?

그럼요.

모림 씨 냉정하네…….

안 냉정해요. 더 못 만나면 약밥이 생각 엄청나겠죠.

티튀루스가 흐흐, 하고 웃었다.

제대로 만나지도 않고 헤어지는 생각부터 해요, 왜?

만나야 할 이유가 없어요.

뭘 하는데, 맨날 그렇게 다 이유가 있어요?

네. 나는 맨날 그렇게 이유가 있어요.

진짜? 안 피곤해요? 좋은 게 이유가 어딨어. 그냥 좋아하는 거지.

거짓말하지 마세요. 그 자체로 어떻게 사랑해요? 나는 그런 방법을 몰라요. 나 자신을 그렇게 사랑하는 방법을 몰라요. 어떤 이유라도 만들어야 사랑할 수 있어요. 내 사랑에는 이유가 필요하다고요.

그게 맞는 말인지는 모르겠으나 빨리 이유를 찾아달라고, 내가 기꺼이 너와의 거리를 좁힐 만한 이유를 달라고 말하고 싶었다. 나는 너에게 말하고 싶은 게 아주 많다고. 내 재미없는 회사 생활, 생생하게 듣게 될 성아의 결혼 준비, 그 속에서 느끼는 약간의 보람과 우정, 때때로 솟구치는 권태와 수치심, 『팔뤼드』 다음에 읽을 책, 복불복인 생리통, 이시대에 사는 곤란과 알 수 없는 사랑의 막막함에 대해, 그런 걸로 켜켜이 쌓인 현재라는 시간에 단단히 눌려 있는 시루떡 속 팥 같은 나에 대해 말하고 싶다고.

내가 너를 속으로 뭐라고 부르는지 아냐고 묻고 티튀루스, 라고 알려주고 싶었다. 네 덕분에 나는 아주 오랜만에 스스로를 '회사원1'보다는 '모림씨'라고 생각하고. 회사에서 일을 그르치고 욕먹을까 전전긍긍하던 것 외에 아주 오랜만에 가슴이 졸아들고 마음이 급해졌다고 말하고 싶었다. 그런데 네가 스물여덟이라 그런지 너무 느긋해서 좀 미웠다고도. 혼자서 한 생각들을 다 털어놓는다면 재밌는 일이 벌어질까? 티튀루스의 꿈이 떡집 주인이었으면 좋겠다고 생각했다. 미래에 나도 발주서를 쓰고 라이브커머스 제안서를 쓰는 대신 쌀을 불리고 가래떡을 뽑는 삶을 살아도 좋을지도, 라고 상상했다. 그러나 티튀루스는 대답은 않고 자꾸 하늘만 봤다. 한참 만에 티튀루스는 말했다.

해가 여간 안 떨어지네요.

여름이니까요.

나는 부루퉁한 기색을 숨기지 못했다. 이 새끼가 또 자기 혼자 느긋하네. 하지만 이런 예상을 벗어나는 대화의 리듬이 싫은 것만은 아니었다. 오히려 뭐야 재밌는데…… 그런 생각이 들기도 했다. 그런 흥미로운 구석을 지닌 사람을 만난 것은 오랜만이었다. 생각해보면 처음부터 그랬지. 누군가가 좋아지는 날들은 길고 긴 미끄럼틀을 타는 것 같은 시간이다. 몇 날 며칠이고 끝나지 않는 스릴이 있으면서도 안전하며 간혹 심장이 내려앉고 바로 그 순간 제어할 수 없는 웃음이 터지는 미끄럼틀. 긴장과 이완으로 낙하와 추락이 유예되고 지연되는 미끄럼틀의 경로를 생각해보라. 영원히 계속되면 좋겠을 찰나의 즐거움. 그것을 엿가락 늘이듯 길게 늘여 일상에 내려놔준 것이 티튀루스와의 시간이었다. 즐겁고 긴장되었다. 웃음과 긴장. 그런 걸 주

는 사람은 아주 오랜만이었다. 티튀루스와의 대화
는 의외인데 끊이지 않아 긴장되는 동시에 웃음이
났다. 그렇지만…….

침묵이 너무 길지 않소, 티튀루스. 심술이 난
나는 나도 모르게 손을 뻗어 티튀루스의 옆구리를
쿡 찌른다. 옆구리를 붙잡고 웃는 티튀루스. 하하
웃고 흠흠 목을 가다듬는 티튀루스의 표정이 어쩐
지 쑥스러워 보여 에에 뭐야 표정, 하며 놀리려고
했는데 티튀루스의 목소리가 더 빨랐다.

어두워지면 말하려고 했는데.

뭘요?

저기 갈래요?

티튀루스는 긴 팔을 들어 공원 건너편 상가들
이 모여 있는, 사거리 쪽을 가리켰다. 가로수에 가
려졌던 건물 꼭대기에는 P모텔이라고 쓰여 있었
다. 이 사람이, 하는 눈으로 티튀루스를 봤지만 완
전 싫은 건 아니었다. 뭘 하자고 할 줄 아는 것도 의

왼데 하자고 하는 뭔가는 더 의외네. 나는 내내 뭔가 재밌는 일이 벌어졌으면 하고 바랐다. 『팔뤼드』를 쓰기로 한 지드처럼. 우리가 정말 하게 될까? 티튀루스라고 부르기로 한 남자와의 섹스가 그만한 재미를 가져다줄까? 머릿속에 문장 몇 개가 지나가는 시간은 고작 몇 초였다.

좋아요. 그래요.

대답하는 동시에 나는 나도 몰랐던 나의 기준 같은 걸 하나 알게 된다. 그동안의 나는 모르는 사람과 자는 걸 상상할 수 없던 사람. 그러나 지금은 아니다. 상상해본다. 이것이 내가 맞이하는 어떤 변화일까? 티튀루스와의 섹스는 재밌을까? 재밌었으면 좋겠다. 이렇게 단순하게 결정해도 될까? 머릿속이 뒤죽박죽이었으나 경솔한 일을 하기도 전에 스스로를 겁주고 싶지도 않았다. 일탈을 벌이기 전에는 그것이 뭘 가져오는지 모른다. 일탈을 벌여봐야 일상이 소중했음을 깨닫게 되듯이. 그렇다면 나는 어느 쪽으로든 되겠지. 진부하지만, 그런 건 벌여보기 전에 아무래도 그렇겠지, 하고 미리 이해하는 것과는 전혀 다르다. 나는 바쁜 마음을 숨기며 티튀루스를 따라 사거리 건널목을 건넜다. 그 순간 아, 하고 티튀루스의 등을 칠 수밖에 없었다.

계획했구나.

뭐가요?

오늘 약밥이가 없네.

그죠, 아무래도. 왜요?

잘했다고요.

신호등이 깜빡였다. 등을 쳤던 손을 다시 뻗어 티튀루스의 등을 밀었다. 어서 가요! 티튀루스는 내가 밀어준 힘으로 뛰었다. 어서 가요. 우리가 할 수 있는 게 뭔지 봐요.

소설 속에 남은 것과 남지 않은 것들

회사

내가 직장에 다니고 있어서, 종종 '회사 소설'을 잘 쓸 것 같다는 기대를 받을 때가 있다. 기대를 저버리는 일은 몹시 무섭고 슬프지만, 나는 회사 소설(이라고 불리는 소설……) 같은 건 잘 못 쓰겠다(……아직은? 미래는 모르니까?). 이유는 여럿이지만 무엇보다 회사에 대해, 그 집단의 속성에 대해 내가 알고 있는 게 있나? 하고 스스로에게 물어보면 하나도 없는 것 같기 때문이다. 내가 다니는 출판사는 전형적인 회사라고 하기에는 그런 회사들보다 쓸데없이 신경 써야 할 게 적은 편이고, 그런 곳에서 일하는 나 역시 평균적으로 말하는 회사의 곤란함을 크게 신경 쓰지 않는 편이다. 회사에서 마주하는 인간관계의 미묘함에 대해서도 마찬가지다.

내가 생각하기에 회사 소설에 등장해야 하는 갈등이나 고민은 이런 것이다. 불공정한 노사 관계, 그러니까 월급, 성과급, 복지에 대해 제대로 수당을 지급해주지 않는 회사와 거기에 속한 노동자, 정규직과 비정규직, 이상한 사내 규칙, 승진과 연봉 협상 체계 등⋯⋯. 이렇게 접근할 수도 있겠다. 안 친한 회사 동료의 결혼식 참석해야 하나요? 혹은 내 결혼식에 오지 않을 것 같은 동료의 결혼식 축의금 얼마나 해야 할까요? 일은 부하직원에게 다 시켜놓고 공은 자기에게 돌리는 직장 상사 어쩌면 좋나요? 학벌 가지고 은근 인신공격하는 동기 어떻게 대해야 하나요? 등……. 사내 문화와 사내 정치, 조직에 대한 질문과 개인에 대한 질문. 혹은 그 모든 것을 조망하는 방식 같은 것.

이런 것은 대체로 인터넷에서 읽을 수 있다. 실명의 기자에 의해 작성된 뉴스 기사나 익명의 유저에 의해 작성된 게시글로 말이다. 손가락만 하나 까딱하면 200개씩 읽을 수 있는 SNS의 유희거리이자 구경거리다. 직장인들이 들으면 공감할 법한 이런 고민들이 올라오는 SNS, 커뮤니티를 훑는 일은 물론 엄청나게 흥미롭지만, 엄청나게 소설에 쓰고 싶진 않다. 뭘 해도 잘못하고 실수하고 혼이 나서 눈물을 흘리며 퇴근하던 신입 시절이 나에게도 있었지만……, 소설로 쓰며 그걸 다시 마주하면 너무 괴로워지니까 남기고 싶지 않은 걸까. 아마 그럴 것이다. 쓰기에 괴롭기도 하고, 구체적인 것들을 잘 잊는 편이기도 하다.

소설에 쓰게 되는 회사의 면면 중 현재의 나에게 가까운 것들도 있긴 있다. 소화 능력이 점점 떨어져가는데 매번 시뻘건 음식으로 저녁 식사를 해서 괴로워한다거나 주말에 각오하고 병원에 가거나, 근무 시간에 양해를 구하고 병원에 가는 일이 너무너무 싫다거나…… 그런 것은 지금의 나와 비슷하다. 매일매일 반복하는 일, 그러니까 출퇴근이 있어 무척 고맙기도 하지만 가끔은 너무너무 그만두고 싶다는 마음이 드는 것. 나를 뺀 모든 사람들은 회사에서 주어진 일을 척척 하는데 나만 하나하나 버거워하고 겁먹는 것 같은 느낌. 그런 것은 지금의 나와 닮았다. 그런데 내가 이런 걸 소설에 썼던가……? 안 썼는데 그냥 여기에만 쓰는 것 아닌가……. 모르겠다.

소설에 넣기로 작정한 것도 아닌데 들어간 회사의 면면도 있다. 근무 시간에, 좋지 않으리라고 예상했던 날이 예상과 다르게 좋아서 그날의 날씨나 기분 등을 소설의 인물에게 조금 나눠주고 싶을 때가 그렇다. 떠오르는 것은 지난겨울 어느 북토크에 참석하러 연남동에 갔던 날. 그날은 저녁까지 비가 내렸다. 우산을 들고 저녁 행사에 참석하는 일이 수고롭고 번거로울 거라고 생각했는데, 비 내리는 겨울의 연남동 거리에 줄지어 선 가게들은 하나같이 작았고 그 안에서 트리며 전구며 반짝이는 불빛들이 새어 나와 동화 같은 느낌을 주었다. 비가 내려도 괜찮네, 하고 생각했던 것을 소설에 쓰면 어떻게 될까? 하는 메모를 했었고 어떻게든 소설에 들어간 것 같다.

연애

연애에 대한 연결되지 않는 생각들. 당연한 말이지만 나의 경험에 한하여 든 생각들이다. 그중 하나로는 처음 연애로 진입해서 보내는 2~3개월의 시간이 다른 경험과 비교가 안 되는 찬란한 광기의 순간이라는 생각. 누군가를 좋아하는 마음에 휩싸인 그 시기의 내 모습은 시간이 지나 되돌아보면 이유가 없고 어이가 없고, 없으면 없을수록 신비화되고……. 그런 경험을 할 수 있는 건 재미 중의 재미라고도 생각한다. 또 다른 생각으로는 내게 연애는 언제나 내가 삶의 어떤 부분에 무척 불만이 클 때 시작되어, 연애 광기에 사로잡힌 나는 새로운 연애가 내 삶을 바꿔줄 것처럼 느꼈다는 것이다.

이 두 가지가 우주 뱀인 우로보로스처럼 서로 꼬리를 물고…… 광기의 소용돌이를 일으킨 것 같다. 우연→운명→감탄의 반복. 다 연애 초반의 일이다. 지나고 나면 항상 지금의 내가 그때의 나에게 아연실색한다. 어떻게 그럴 수가 있었어……? 하고. 하지만 소설 속 주인공의 생각에 십분 동의하듯, 그런 것이 아니면 인생에 무엇이 또 재밌단 말인가, 하고 생각하기도 한다. 취미가 별로 없는 나는 특히 폭발력 면에 있어서 연애보다 강렬한 걸

찾지 못했다. 3개월이 지나면 다시 현실의 땅으로 내려앉지만 말이다. 바로 그것이 연애 감정의 특징인 것 같다. 우정과 연애 감정의 차이가 있다면 단기간 폭발력에 있다고 믿는 편이다.

연애 소설을 쓴다고 생각하고 소설을 썼던 적은 없는 것 같다. 삶의 어느 시기 궁금한 사람에 대한 이야기를 내내 쓰고 있다는 생각은 했지만. 누군가 내게 그게 그거 아니냐고 말하면 조금 서운하게 느껴질 것 같다. 아 다르고 어 다른 데에 집착하는 게 글 쓰는 사람들 아닌가 생각한다. 그래도 연애 감정이 담긴 이야기를 쓴다면 그 이유 없음, 이유 없는 끌림, 하나도 맞지가 않지만 그냥 그쪽으로 가보는 것, 아무것도 보장해주지 않는 상대를 궁금해하는 것, 그런 것들이 들어가면 좋겠다는 생각을 했다.

요즘 사람들 이야기를 쓸 때 재밌는 것은 인물에게 요즘 사람다운 것과 요즘 사람답지 않은 것을 동시에 줄 때다. 그 요즘 사람답다는 것도 해봐야 내가 아는 정도뿐이지만…… 이번 소설에서는 떡집 남자를 상상할 때 그런 것을 더 많이 생각했고, 소설에 드러나지 않아도 내 머릿속에서 떡집 남자는 내가 아는 누구보다 요즘 사람이 되어 있었다. 그는 아마도 손흥민이 뛰는 해외 축구를 볼 것이고 머리를 드라이할 줄 알고 혼자 도쿄 여행을 갈 줄 알고 힙합을 들으며 걸어 다닐 것이다. 그런 사람이 혼자 산책을 하며 듣기 좋은 앨범은 너무 빠르지도 공격적이지도 않을 것 같다. 해쉬스완의 〈Silence of the REM〉 정도…….

사실 요즘의 칙릿, 이 시대의 칙릿, 이라는 생각을 머릿속에서 굴리다가 메모한 것은 이런 것이다. 브이로그에 남자친구를 공개하는 여자. 애인과의 재회를 너무 바라서 재회 100퍼센트를 보장한다는 기도를 올리거나 무당이 파는 원석을 사는 여자. 커뮤니티 셀프 소개팅으로 만난 남자들을 견주

어보는 여자. 인스타툰을 그리는 여자와 인스타툰을 그리는 남자의 만남. 태그와 태그와 태그……같은 것들. 내가 인스타그램을 엄청 들여다보고 있다는 것만은 잘 보여주는 마인드맵이다.

그런데 이런 걸 잘 쓸 자신은 없다. 떠올려만 본다. 그러면서 또 요즘의 연애라고 뭐 옛날의 연애와 그렇게 다를 게 있나 싶은 마음으로, 결국 마음대로 쓴다. 자신 없음을 얼버무리며. 집에 혼자 있으면 요즘 만남은 다 온라인으로 이루어지는 것 같은데, 결국 쓰게 되는 것은 동네에서 마주치는 인연에 대한 이야기다. 그냥 그런 것이 더 좋다. 온라인에서 알게 되어 만나는 게 더 현실적이고, 동네 떡집을 오가다 만나는 게 더 판타지 같으니까.

소설

소설을 쓸 때 항상 하는 생각은 아니지만, 종종 소설에 읽었던 책을 등장시키는데 그럴 때면 기분이 좋다. 내가 인상 깊게 읽은 책을 소설의 인물에게 읽히는 것이 재미있다. 아직 영화나 음악은 잘 안 되는 것 같고 책만 인물의 손에 들려주게 되는 것 같은데…… 시간이 지나면 내가 봤던 영화나 내가 들은 음악도 소설 속 인물에게 보게 하거나 듣게 할 수 있을까? 그렇게 되면 좋을 것 같다. 언제나 과거의 내가 못 하던 것, 할 줄 모르던 것을 하게 되고 싶다.

이번 소설에서 여자 주인공에게 읽게 할 책을 고를 때, 『팔뤼드』(앙드레 지드 지음, 윤석헌 옮김, 민음사, 2023)와 함께 두고 고민했던 것은 『폴란드의 풍차』(장 지오노 지음, 박인철 옮김, 민음사, 2000)였다. 그 책의 전체적인 줄거리나 흥미로움과 상관없이 좋은 것 같은 부분을 발견했기 때문이다. 그 부분은 이렇다. "우리의 영혼은 해맑아서 (기질에 따라 오래가는 영혼도 있고 그렇지 못한 영혼도 있지만) 숲과 하늘을 비추는 거울로 이용되어왔다. 우리의 영혼은 인식할 수 없는 것과도 친밀하게 놀았다. 그러나 영혼이 숲과 하늘을 비추고 인식할 수 없는 것과 노는 것이, 우리가 사회적 지위를 얻고, 보존하고 개선하는 데 전혀 도움이 되지 않는다는 사실을 이내 깨닫지 않으면 안 되었다. 그런데 우리를 먹고살게 해주는 것은 바로 사회적인 지위인 것이다."(85쪽)

'우리의 영혼은 해맑아서'라고 시작하는 첫 문장에서, 그리고 '사회적 지위'라고 적힌 부분에서 이 문장과 책이 여자 주인공의 고민과 처지와 알맞지 않나? 하고 생각했던 것 같다. 생각해보면 나는 좀 해맑은 구석이 있는 인물이 소설 속에 사는 것을 좋아하는 것 같은데, 그 해맑음은 언제나 그보다 세상 물정에 밝고 셈에 익숙한 사람들에게 업신여김을 당할 법한 종류의 것이라는 생각이 든다. 어떤 면으로는 생각이 너무 많지만, 또 어떤 면으로는 놀랍도록 단순한 사람. 그게 내가 좋아하는 유형의 인물이 아닐까?

　　그러나 결국 소설 속에 들어온 책은『팔뤼드』
가 되었다. 그 책 속에 그려진 등장인물들의 만남
이 조금 더 이유 없고 자의적이고 웃기다고 생각해
서였다. 그런 책을 들고 다니는 동안은 그 책과 비
슷한 마음가짐으로 출퇴근을 하고 동네를 돌아다
니는 인물이라면 좋겠다, 하는 마음에서였다. 타카
노 후미코의『노란 책』(정은서 옮김, 북스토리, 2018)
의 주인공이『티보가의 사람들』을 사랑해서 그 소
설 속에 사는 것처럼 삶을 살 듯이. 내 소설의 주인
공도, 그리고 무엇보다 나도 그렇게 살면 행복할 것
같다. 현실의 나는 그게 잘되지 않는 것 같지만. 일
상이 두 겹으로 흐른다고 생각하면 기분이 좋다.
책을 읽으면 나를 벗어나게 되는데 그럴 때가 좋다.

　　최근『카페 알파』(아시나노 히토시 지음, 학산문화
사, 2011)라는 만화책을 읽고 또 한 번 그런 생각을
했다. 만화는 종말을 앞둔 시대를 배경으로 한다.

곳곳에 바닷물이 차올라 하루가 다르게 길이 사라지거나 바뀐다. 알파는 고즈넉한 어느 마을에서 손님이 거의 없는 카페를 운영하는 로봇이다. 나는 로봇의 마음은 알지 못하지만 알파가 손님도 없고 별일도 없는 카페에 앉아 커피를 내리거나 원두를 사기 위해 오토바이를 타고 달리거나 사진을 찍기 위해 동네를 거닐 때 잠깐 내가 아닌 알파의 마음과 속도로 마을의 풍경을 보았다. 아무것도 아닌 일상을 알파처럼 남길 수 있다면 좋겠다고 생각했다.

읽고 있는 책에서 그 책이 담은 내용과는 무관하게 마음에 남는 문장이나 표현, 유난히 몇 번이고 발음하고 싶어지는 단어를 만날 때 소설이 쓰고 싶어지고 소설에 그것을 쓰고 싶어진다. 최근에는 레너드 코렌이 쓴 『와비사비: 그저 여기에』(박정훈 옮김, 안그라픽스, 2019)와 『와비사비: 다만 이렇듯』(박정훈 옮김, 안그라픽스, 2022)이라는 책을 읽었는데, 밑줄 친 문장은 이런 것들이었다. "책의 물성은 수수했고 사근사근한 촉감이 있었다. 그리고 기발하다기보다는 기묘한 느낌을 주는 제목을 달았다."(『와비사비: 다만 이렇듯』, 66쪽) "와비는 세상과 동떨어져 자연 속에서 홀로 지내는 참담함과 낙담하고 허탈한 마음 그리고 생기 없는 감정의 상태를 뜻했고 사비는 원래 '쌀쌀한' '수척한' '메마른' 등을 뜻했다."(『와비사비: 그저 여기에』, 30쪽)

나는 이제 참담하고 낙담한, 수척하고 메마른 어떤 것들을 쓰게 될까? 모르는 일이다. 지금의 마음으로는 아직은 좀 더 해맑고 힘을 내는 소설을 쓰고 싶긴 하지만. 내 마음이 언제 어느 쪽으로 달려가 어떤 소설을 쓰게 될지는 모르겠다. 그러나 어떤 마음으로 쓰든 소설을 쓰게 되는 순간은 좋은 순간임에 틀림없다.

개를 데리고 다니는 남자

초판 1쇄 발행 2024년 6월 28일
초판 2쇄 발행 2024년 7월 17일

지은이 김화진

펴낸이 안병현 김상훈
본부장 이승은   총괄 박동옥   편집장 박윤희
책임편집 정수향 김정은
마케팅 신대섭 배태욱 김수연 김하은   제작 조화연

펴낸곳 주식회사 교보문고
등록 제406-2008-000090호(2008년 12월 5일)
주소 경기도 파주시 문발로 249
전화 대표전화 1544-1900 주문 02)3156-3665 팩스 0502)987-5725

ISBN 979-11-7061-152-3 (04810)
      979-11-7061-151-6 (세트)
책값은 표지에 있습니다.